KB063583

유쾌한 고독

유안

〈유쾌한 고독〉을 통해

어디에도 속박되지 않고

자유로운 시간이 되시길 바랍니다.

차례

1부 홀로 걷는 길: 자유로운 탐색

2부 고독의 선물: 여정을 통한 깨달음

1부

홀로 걷는 길: 자유로운 탐색

멋진 하루

서른 살이 된 어느 날, 아버지는 유명한 공기업에 다니는 남자를 소개 시켜주겠다면서 만나보라 하셨다. 아버지 어릴 적 친구분과 엮어 있어서 예의상 만나보게 되었다. 기대를 안 해서 그런 것일까. 생각보다 첫 만남이 좋았다. 경상도 남자라서 말투 부분에서 거슬리는 부분이 있었지만 괜찮은 사람 이었다. 애프터가 들어와 한번 더 만났다. 그리고 세번째까지 만나게 되었다.

'나한테 계속 만나자고 하는 거 보면 날 좋아하나? 이번엔 사귀자고 말하겠지?' 이러면서 퇴근

하고 살짝 설레는 마음으로 만나러 갔다. 즐거운 저녁 식사를 하고 와인을 마시러 갔다. 와인을 마시고 살짝 취기가 올랐다. 술 기운에 나를 어떻게 생각 하냐고 그에게 물었다. 그런데 그의 대답은 충격이었다. "너는 배려심이 너무 많아. 그래서 좀…" 이러면서 넘어갔다. 그래서 뭐? 배려심이 많아서 뭐 어떻다는 건데? 이러면서 따지고 싶었지만 너무 당황해서 얼어붙고 말았다. 애써 아무렇지 않은 척, 괜찮은 척하면서 와인 한 병을 더 시켰다. 그 날 와인이 왜 이리 맛있던지 그가 무슨 말을 했는지는 기억이 하나도 안난다. 와인만 맛있게 먹다가 취해서 먼저 집에 가겠다 하고 일어났다.

 가게 밖으로 나오니 취기가 더 오르고 내 자신이 초라하고 비참하게 느껴졌다. 갑자기 눈물이 주르륵 흘렀다. 버스 타러 가는 길에 형부에게 전화를 걸어 하소연을 했다. 그러다 갑자기 발이 꼬여 길바닥에 큰 대자로 넘어졌다. 동시에 핸드폰도 날라갔다. 그 곳에서 마지막 기억이다.

　다시 기억이 돌아왔다. 택시를 타고 가는 중인
데 구토를 했다. 집 앞에 도착하니 엄마가 서있었
다. 택시기사님이 택시비 외 이십만원을 배상하
라고 했다. 엄마는 이십만원은 너무 많다며 실랑
이를 하고 있었다. 모든 게 지치고 힘든 나는 그
냥 카드를 내밀며 결제해달라고 했다. 제 정신이
아니었다.

　내 방에 들어가자마자 엄마 앞에서 펑펑 울었
다. 모든 게 내 뜻대로 되지 않는다며, 좋은 사람
만나서 결혼하고 싶은데 너무 속상하다면서 울부
짖었다. 엄마는 나를 안쓰럽게 쳐다보면서 웃음
을 억지로 참는 것 같았다. 이상한 기분이 들어
방에 있는 전신거울을 보았다. 구토가 나를 원시
인으로 만들어 놓았다.

다음 날, 일어나자마자 언니에게 연락이 왔다. 동생의 불행은 언니의 행복인가보다. 언니는 꽹장히 신났었다. 어제 길가에서 넘어진 이후 이야기를 해주었다. 형부가 언니에게 전달해준 내용이다.

내가 갑자기 악 소리를 내더니 갑자기 사람들이 웅성거리기 시작했다. "어머, 어떡해.." "넘어졌어..어떡해.." 그러더니 수화기 너머 외치는 소리로 "나 건들 지마!!! 우리 형부 경찰이야!!!" 형부는 너무 웃겨서 대장폭소 했다. 그러다 어떤 선량한 여자분이 핸드폰을 주워 형부와 통화를 했고 나를 택시 태워 보내주셨다.

한나절을 설레고 이미 그 남자와 결혼해서 살림까지 차린 내가 그의 한마디로 우스운 꼴이 되었다. 나를 별로 마음에 들지 않으면서 왜 만나자고 한거냐며 언니와 실컷 욕했다.

시간이 지나 지금 생각해 보니 그의 말이 무슨

말인지 조금 알 것 같다. 그 당시 결혼에 대한 집
착이 너무 강해서 상대에게 다 맞춰주려고 했다.
내 스스로 자신감이 없는 게 그의 눈에도 보였을
것이다. 얼마나 매력 없어 보였을까.

내 집 없어서 서럽네

엄마가 말하길 나는 어렸을 때 말을 정말 잘 듣고 순종적인 아이였다고 한다. 나 같은 애면 10명이라도 키울 수 있다고 말할 정도였다. 초등학생때 내 주장보다 엄마가 하라는 대로 했다. 난 A가 하고 싶은데 엄마가 A는 이러이러해서 안돼. B로 해야 해. 이러면 그냥 B로 했다. 사춘기가 시작되자 반항이 생겼다. 왜 A는 안돼? 난 A로 할거야. 갑자기 이러니까 엄마는 쟤가 왜 저렇게 변했냐면서 열불을 냈다.

나는 자율성을 추구한다. 그러나 엄마는 자기만의 규칙과 틀에서 벗어나는 행동을 하면 못 참는 사람이다. 그래서 늘 충돌이 있었고 오래갔다.

내가 대학생이 되고 직장인이 되면서 만나는 시간이 줄어드니 자연스럽게 싸움은 줄어들었지만 여전히 주말만 되면 싸움은 이어졌다.

금요일만 되면 늘 서로가 집에 없길 바라는 마음에 "엄마 내일 약속 없어?"라고 문자를 보낸다. 둘 다 집순이기 때문이다. 이런건 또 잘 맞는다. 신기하게 엄마는 늘 내 방 문을 열고 말을 걸면서 싸움을 청한다. 나만의 루틴이 있고 방식이 있는데 엄마는 마음에 안 들면 그 방법이 틀린 것이라고 한다. 이런 방법도 있고 저런 방법도 있는데 늘 엄마가 하는 방법이 옳은 방법이니 그냥 엄마가 하라는 대로 하라고 강요를 하니까 싸움이 날 수밖에 없다.

물론 나의 잘못도 있다. 집이 수원인데 강남까지 출퇴근한다는 이유로 방에서 꼼짝도 안하고 집안 일을 많이 도와드리지 않았다.

싸울 때, 엄마가 불리해지면 하셨던 말은 늘 '내 집이니까 나가.'였다. 아 서러웠다. 20대는 집은 어떻게 사며, 아니 월세라도 어떻게 내나요. 당장 모아둔 목돈도 없었다. 인터넷 부동산도 찾아봤다. 내 형편에 살 수 있는 곳이 있을 리가 없었다. 그래서 마음먹었다. 서른이 넘기 전, 죽이 되든 밥이 되든 꼭 독립하기를.

나의 선택

나이 앞자리가 점점 3이 되어가면서 부모님은 결혼얘기를 자주 꺼내셨다. 처음에는 듣고 한 귀로 흘렸지만 계속 들으니 세뇌되었는지 마음이 안절부절했다. 내 초조함은 연애에 있어서 남자들에게 부담만 주었고 모든 게 안 좋은 쪽으로 흘러갔다. 지금 생각하면 이십 대의 내가 안쓰럽다. 어린 나에게 결혼이라는 압박을 주는 부모님이 너무 고지식하고 밉다. 솔직히 말해서 이런 게 가스라이팅이 아닌가 싶다.

가족들이 모이는 자리만 되면 결혼, 연애얘기에만 온 집중이 쏠렸다. 엄마는 여자가 태어나서 최고의 행복은 좋은 남자 만나서 잘 사는 것이란다. 이미 세뇌 당했던 나는 그게 무조건 맞는 말이라고 생각했다. '안정적인 가족을 갖는 게 최고의 행복이지. 일리 있는 말이지.' 아버지는 무조건 능력 있는 남자를 만나야 한다면서 사랑의 유효기간은 3개월이라고 강조하셨다.

결혼해서 안정적인 삶을 살고 싶었다. 불안하고 초조할 때도 있었다. 결혼한다고 삶이 정말 안정적으로 바뀔지는 아무도 모르는 것인데 말이다. 지금 생각하면 가장 행복한 건 나 혼자 있어도 안정적이고 편안한 상태이다.

이제는 엄마가 또 저런 식으로 말하면 나는 말한다. "엄마. 나는 내가 우선이야. 나부터 잘 될거야. 결혼은 때가 되면 알아서 하겠지. 지금은 아닌 것 같아. 혹여나 때가 오지 않는다 해도 난

상관없어. 지금이 행복해" 엄마는 내 말에 동조
하신다. 맞는 말이라면서. 그러고 나서 2주 후면
"주위에 어떤 남자 있는데 만나보려?" 하는 연락
이 온다.

　날 걱정해 주시는 마음은 진심으로 감사하지만
불편하고 피하고 싶은 마음은 어쩔 수 없었다. 나
만의 자유를 갖는데 갈증이 심각하게 났다.

최단기 독립 준비

30살이 끝나가기 한 달 반 전에 엄마와 대판 싸웠다. 왜 싸웠는지 기억이 안 난다. 늘 엄마와 딸의 싸움은 이렇다. 왜 싸운 지 기억이 안 난다. 엄마가 마지막으로 나에게 말했다. 집에서 나가 달라고. 그래, 이제 정말 나갈 때가 되었다. 서른이 끝나기 두 달 밖에 안 남았다.

그날부터 직장과 교통편이 편한 쪽으로 시작해서 여러 가지 루틴을 짜보고 위치를 선정하기 시작했다. 나의 직장은 2호선 강남권이었다. 강남은 비싸니까 패스. 그다음 대학가는? 생각보다 굉장히 비쌌다. 다 옛날 말이었나보다. 그럼 2호선 주변에서 가장 싼 집을 찾아볼까? 2호선에서 조건 맞는 좋은 집 찾기란 모래사장에서 숨은 다이아몬드 찾기다. 그런데 나는 운 좋게 한 번에 반 전세 집 하나를 찾았고 중소기업 청년 대출이까지 가능한 집이었다. 중소기업 청년 대출이란 중소기업에 다니는 청년들을 대상으로 보증금 대출을 해주는 것인데 이율이 1.5%이고 만기는 최대 10년이다. 나는 중소기업에 다녔고 연봉, 나이도 딱 맞았다. 바로 부동산에 전화해서 퇴근하자마자 집을 보러 갔다. 11월이었기 때문에 7시인데도 불구하고 매우 깜깜한 밤이었다. 저 멀리서 빛나는 롯데타워가 보였다. 괜히 마음이 두근거렸다.

내가 원하는 조건의 집이었다. 'ㄱ'자로 창문이 있었고 창문 또한 매우 컸다. 그리고 화장실이 넓고 쾌적했다. 붙박이 장도 있었고 세탁실이 따로 있었다. 수압도 괜찮았다. 보수할 것이 많아 보였지만 서울에서 보증금 1억에 월세 25만원을 어디서 찾을까. 마음은 이미 그 집에 살고 있었다. 하지만 생각해 보겠다 하고 집으로 돌아갔다.

엄마에게 집 계약할 거라고 통보했다. 정말 나갈 줄 몰랐던지 갑자기 나가지 말라고 붙잡기 시작했다. 조금 당황스러웠다. 하지만 이미 마음을 굳힌 상태였고 이대로는 살 수 없었다. 언니와 형부까지 합세하여 설득 끝에 나갈 수 있었다.

계약서에 사인하고 대출받고 잔금까지 다 치렀다. 총 기간은 2주 걸렸다.

회사 여선배들이 독립하면 개고생이고 돈 안 모인다고 엄청 말렸지만 난 뚝심 있게 내 길을 갔다. 아빠는 잘 살아 보라 응원을 해 주셨고 언니랑 형부는 축하한다고 박수를 쳐줬다. 엄마는 좀 섭섭해하셔서 마음이 좋지 않았지만 언제까지 평생 살 수는 없다.

언니와 형부 덕에 이사까지 다 마치고 침대가
왔다. 같이 일하는 과장님이 땅바닥에서 밥 먹을
당신을 생각하니 마음이 아프다면서 식탁을 사준
덕에 집이 나름 괜찮아 보였다. 회사 대표님이 사
주신 TV도 왔다.

설치 기사님이 집이 왜 이렇게 휑한지 물으셨
다. 그건 집안에 별다른 살림살이가 없었기 때문
이었다. 이 공간을 내 방식대로 꾸며나갈 생각을
하니 설렘이 가득하고 자연스레 미소가 지어졌
다.

만약 누군가 나에게 이 결정이 충동적이었냐고
묻는다면, 절대 그렇지 않다고 답할 것이다. 이는
오랫동안 꿈꿔온 상상이 마침내 현실이 되었기
때문이다.

자유를 느끼다

주위에서 묻는다. 혼자 지내는 거 어떠냐고. 대답도 하기 전에 내 표정만 봐도 다들 알겠다고 한다. 원래 혼자 생각하고 여행 간 적도 많기 때문에 어색하지 않았다. 그래서 처음에는 매일 여행하는 기분이었다.

아침 출근 준비 시간에 창문을 열어 놓으면 새들이 지저귄다. 아름다운 선율로 들린다. 짹짹. 짹짹. 기분 좋은 소리이다. 그 소리에 맞춰 준비를 한다.

퇴근 후, 그날의 음악을 틀고 맞는 조명에 음식을 예쁘게 플레이팅해서 먹으면 행복 지수는 두 배로 간다. 오로지 나만을 위한 맞춤 서비스이다. 어느 음식점에서도 받을 수 없는, 나만을 위한 선물이다.

주말에는 굳이 북적거리는 카페에서 커피를 마시지 않아도 된다. 조용한 집에서 재즈를 틀고 책을 읽으면서 커피를 마실 수 있다. 날씨가 좋은 날은 한강 공원으로 나가 책을 읽은 적도 있다. 기분 좋은 바람이 불면서 책이 살랑거리면 내 마음도 간지럽고 웃음이 난다.

내가 이끄는 대로 어디든 언제든 마음껏 갈 수 있다. 갑자기 서울숲이 가고 싶다! 싶으면 10km가 되더라도 그냥 걸어간다. 새벽에 눈을 떴는데 일출이 보고 싶다! 싶으면 가장 가까운 낮은 산으로 올라 간다. 반대로 일몰이 보고 싶어서 퇴근 후 산으로 뛰어 간다. 아마 계획형 인간은 공감이 가지 않을 수 있겠지만 혼자 살면 남 눈치 안보고 마음대로 할 수 있다는 점이 너무 좋다. 엄마와 함께 살 때는 동거인에게 배려해야 하니 무엇을 할 때마다 보고를 해야 하는 점이 매우 귀찮기도 했었기 때문이다.

나에게 자유란 정신적인 해방이다. 내면과의 조화와 평화다. 나의 한계를 인식하고 스트레스를 푸는 것이다. 자유를 얻으면 누군가의 기대, 사회적 어느 역할같은 틀 안에서 벗어나 나만의 길을 찾고 진정한 내가 된다. 외부에 의존하지 않고 내면이 단단한 사람이 되는게 내가 바라는 자유이다.

등본에 없는 우리 집 거주자

사실 이 집을 바로 계약한 가장 큰 이유는 창문 밖 나무이다. 사시사철 푸른 소나무와 함께 얇고 앙상한 나무 한 그루가 바로 우리 집 창문 밖에 있다. 이파리도 얼마 안 남은 11월의 빈 나무. 나는 왠지 그 나무가 마음에 들었다.

이사를 하자마자 회사 일이 바빴다. 카타르 월 드컵 우리나라 첫 경기를 보지 못할 정도였다. 바쁜 만큼 체력도 떨어지고 이사의 기쁨을 누릴 시간도 마땅치 않았다. 자연스럽게 나무도 잊혀졌다. 추운 날씨 탓에 창문 앞에 버티칼을 내리고 있었기 때문에 더욱 그랬다.

봄 햇살이 따뜻해지고 작년 3월 중순에 버티칼을 올려보니 앙상한 가지에서 새싹이 돋기 시작하였다. 그때 나는 새로운 사랑도 한참 불타오르기 시작할 때였다.

그리고 또 이틀 후 그 새싹에서는 잎이 더 많이 나기 시작했다. 그리고 3일 후에는 하얀 꽃도 나기 시작하였다. 하얀 꽃을 발견한 것은 퇴근 후, 집에 들어가기 전에 밖에서 여리여리하게 무수히 많이 펴있는 하얀 꽃들이 있는 것이다. 얇은 가지에 맞게 꽃과 나뭇잎이 청초하고 순수해 보였다.

4월이 되자 이파리들이 더욱더 우성해졌다. 더 짙은 녹색이 되었고 울창해진 것 같았다. 비오는 날에는 일부러 문을 열어 나뭇잎에 떨어지는 빗소리에 감성을 젖어 낭만을 즐기곤 했다. 아직도 그 영상을 보면 기분이 시원하고 좋다. 4월 중순에 찍은 사진은 거의 숲속이다. 앞도 보이지 않는다.

5월에는 잎이 무성해져서 우리 집 창문 안으로 나뭇가지가 들어올랑 말랑한다. 나랑 같이 살고 싶구나 싶었다. 그 모습이 얼마나 귀엽고 예쁜지 찍어 두었다.

봄에 출근하기 전, 일찍 일어나 새소리도 듣고 내가 좋아하는 재즈 노래도 듣고 책도 읽고 이른 아침 시간이 너무 낭만적이고 좋았다.

그러나 여름이 되자 매미 소리와 벌레와의 전투 때문에 창문을 닫고 살게 되었다. 그리고 에어컨을 틀고 나무와도 조금 멀어지게 되었다. 그냥 가끔 아 여름이라 그런지 무성하구나 하는 마음으로 지나가 버리곤 했다. 그 나무에 미안하지만 내 마음은 딱 거기까지였다.

그와의 뜨거운 사랑도 식어가기 시작했고 나무도 점점 변색하기 시작했다. 가지도 가장 얇아서 그런지 이파리가 제일 먼저 떨어지기 시작했다. 아직 나는 마음 준비도 되지 않았고 인사도 못 했는데...

그러다 이직을 한 회사에서 적응하느라 이리저리 너무 바빴다. 그와 헤어지게 되었고 나무를 다시 보았을 때는 앙상한 나뭇가지만 남았다.

이 나무를 사랑해서 선택한 집이었는데 너무 신경을 쓰지 못했다. 있을 때 잘해줘야 하는데 말이다.

집 계약이 얼마 남지 않아 어떻게 될지는 장담할 순 없지만, 우리 집 거주자와 계속 동거 동락하고 싶다.

인연

산이랑 바다를 좋아해서 강원도 여행을 혼자 자주 간다. 이번에도 혼자 1년에 3번 갔다. 양양에 갈 때는 꼭 낙산사를 간다. 숙소는 낙산사 바로 옆에 있는 오래된 호텔에 묵는다.

집에서 터미널로 향하는 날, 붕 뜬 마음에 짐 챙기고 마지막으로 체크하는데 가장 중요한 걸 빼 먹었다. 내가 호텔 예약을 안 한 것이다. 난 똑똑히 기억한다. 어느 사이트에서 예약을 하려고 들어갔는지, 어떤 방이었는지, 금액이 얼마였는지. 그런데 결제를 한 기억이 없다. 진짜 생각해보니 없다. '왜 안 했지? 예약하려던 참에 누가 나를 불렀나? 왜 도대체 안 한거야?' 자책을 하다가 이성을 되찾고 얼른 다른 숙소를 찾아 보았다.

당일이니 빈 방 찾기가 어려웠다. 멘붕이 왔다. 버스 시간은 다가오는데 이대로 짐을 풀 순 없었다. 일단 버스부터 타고 생각했다.

양양 가는 버스 안에서 낙산사와 조금 멀지만 깔끔한 호텔을 찾아 예약했다. 이런 멍청이가 다 있나 하면서 너무 바쁘게 살아서 그래. 불쌍한 나. 애써 자기 합리화를 하면서 잠에 들었다.

사실 낙산사는 마음이 어수선하고 뜻대로 되지 않을 때 주로 간다. 그 날은 기도초를 사서 그 해 소원을 적고 물에 띄우고 왔다. (생각해보니 딱히 이루어지진 않았다.) 겨울이었지만 추웠던 기억

은 없다. 의자에 앉아서 사색을 하고 내려와 호
텔로 들어가려는데 타로점이라는 문구가 나를
사로잡았다. 호텔 옆에 저게 뭐지? 카페사장님
이 겸업을 하시는 것 같았다. 일단 커피를 마시
며 생각했다. 나도 한번 해볼까..?

조심스럽게 사장님한테 가서 물었다. "혹
시...타로점도 하세요?" 뭐가 고민이냐고 물으
셨다. 그 당시 친구한테 배신도 당했고, 리플리
증후군에 걸린 사람한테 농락 당해서 충격을 먹
기도 했다. 또 직장일, 연애도 고민이었다. 내
얘기를 하니 어떻게 나쁜 일이 한 번에 찾아왔
냐면서, 그래서 혼자 여행 왔냐고 물으셨다. 딸
처럼 안쓰럽게 봐주셨다.

그냥 말 한마디 그렇게 해주신 것인데 눈물이
왈칵 쏟아졌다. 너무 슬퍼서가 아니라 너무 따
듯하고 감사함이 컸다. 나를 위로해주고 타로점
을 보았다. 타로점 결과는 기억도 안 나고 오로

지 사장님의 따뜻한 위로만 마음 속에 남아 있다.

　원래 묵으려던 숙소를 예약했다면 그 사장님을 만나지 못했을 텐데, 이런 게 인연인가 싶다. 다음에 또 힘든 일 있으면 오라고 하셨는데 진짜 좋은 일이 생기면 가려고 한다. 꼭 행복하게 웃는 모습을 보여드리는 날이 오길 바란다.

단풍 나들이

'나들이'라는 단어를 쓰면 왠지 누구와 함께 콧바람을 쐬고 온 느낌이 강하다. 그런데 나는 혼자 나들이를 한다. 단풍 시즌은 정말 짧게 스쳐 지나기 때문에 시간이 안 맞으면 볼 수가 없다. 밥상을 사준 과장님과 매년 하던 얘기가 '올 해는 꼭 단풍 놀이 가야 하는데' 이러면서 매번 못 갔다. 이번에는 여유가 생겼다. 오후 12시가 지나면 단풍 구경보다 사람 구경을 더 할 것이 분명하다. 내가 가려던 단풍명소가 SNS에 올라온 동영상을 보고 기겁했기 때문이다.

아침 7시에 일어나 대충 준비를 하고 단풍 명소까지 걸어갔다. 사실 걸어갈 거리는 아니고 지하철을 타야 하는데 운동 부족인 나는 이때라도 운동을 해야겠다 싶어 걸어가는 것을 택했다. 더 빨리 가는 길도 있었지만, 인도로 걷는 것이 싫어서 한강변으로 걸어갔다.

한강변을 통해 걸어가기 위해서는 인적이 드문 매우 길고 넓은 검은 터널을 지나야 했다. 걸으면서 조금 무서워졌다. 커브길이라 끝이 안보였다. 햇빛이 안보이니 공포가 스멀스멀 올라왔다. 두리번거리면서 CCTV를 찾기 시작했다. 내 눈에 보이지 않았다. 뛰기 시작했다. 그래도 끝이 안보였다. 이미 걸어 오느라 지칠대로 지친 내가 뛰어 봤자 힘 없는 토끼였다. 뛰다가 CCTV 하나를 발견했다. '저거 하나 있으면 뭐해' 이러면서 커브를 계속 돌자 빛이 조금 나왔다. 검은 구멍에서 사람이 나오자 이상하게 본 할머니는 "어디에서 왔는교?"라고 물으셨다. 헉헉대며 " OO동에서 왔어요." 라고 말하자 "멀리서 왔네." 이러셨다.

숨 고르고 공원을 걷기 시작했다. 자연이 주는 상쾌한 바람과 숲 냄새, 바스락 거리는 떨어진 나뭇 잎, 촉촉한 흙 길, 모든 게 힐링이었다. 무엇보다도 사람이 없어서 자연을 몸소 느낄 수 있었다.

예쁜 건 눈으로만 담기 아까워 사진을 많이 찍어 두었다. 갈색 단풍, 노란 단풍, 빨간 단풍. 자연이 주는 물감이 너무 아름다웠다. 그렇게 한 시간을 나들이하고 집으로 돌아 갔다. 아침부터 예쁜 걸 눈과 마음에 저장해오니 정화가 된 기분이었다.

감성 숙소 연인들만 가라는 법 있나요

　작년 여름에 갑자기 바다가 보이는 통창뷰 숙소에서 푹 쉬고 싶어져서 숙소를 찾아보고 있었다. 다 연인들을 위한 숙소인가 싶었다. 모든 객실이 2인용으로 최적화되어 있었고, 침대는 하나뿐이었으며 욕조도 굉장히 컸다. 가장 큰 문제는 가격이었다. 호텔보다 비쌌다. 그러나 어차피 나 혼자 이용할 거라 큰 침대와 넓은 욕조가 마음에 들었다. 가격이 조금 부담되었지만, '에라 모르겠다'는 마음으로 결제를 했다. 아마 그 날 혼자 온 사람은 나 말고 또 있었을까? 허허. 인터넷 후기보다 훨씬 만족도가 높았다. 청결하고 일단 뷰가 미쳤다. 주문진 해변가가 너무 찬란하게 비추고 있었다. 가지고 온 시집과 명화가 담긴 책을 읽으면서 황홀함에 젖어 있었다.

당시 남자친구가 있었는데 시간이 맞지 않아 혼자 오게 되었다. 저녁에 방 안에서 회를 먹으며 아쉬운 마음이 들었다. '아, 그도 이걸 먹었다면 얼마나 좋아했을까' 하며 마음이 쓰였다. 그는 같이 갈 수 없어 미안해했지만, 나는 혼자만의 시간을 즐길 수 있어서 괜찮았다. 새벽 일찍 일어나 일출을 보고 산책을 하며 집으로 돌아왔다. 그때 찍은 사진을 보면 정말 소중한 기억이다.

날씨까지 완벽했던 그 날. 부드러운 모래사장 위로 바다가 천천히 출렁인다. 뜨거운 태양이 저물어 가는 것도 잊은 채, 나는 멍하니 쳐다본다. 여전히 식지 않는 모래사장. 시원한 바람이 불어도 열정은 여전하다는 것. 덕분에 여름의 로맨스를 느꼈던 날이었다.

역시 내 집이 최고

엄마 집에 가면 가족들도 보고 맛있는 밥도 먹어서 좋다. 푹신하고 넓은 침대에서 잘 수 있는 것도 좋고 말이다. 그렇게 놀다 집으로 오면 제일 먼저 드는 생각이 있다. 아 역시 내 집이 최고다. 벌써 마음의 안식처가 되어 버렸다.

엄마가 싸준 음식 정리를 하고 씻고 나와서 침대 벽에 등을 기대면 더할 나위 없이 좋다. 불을 다 끄고 양초나 인센스 스틱 하나면 이 밤이 내 세상이다.

엄마한테 문자가 온다. 푹 쉬라고.

엄마도 안다. 자기 집이 최고라는 걸.

커피 한 잔으로 담아낸 하루

　새벽 아침 햇빛이 창문 너머로 스며들어올 때,
나는 한 잔의 커피를 손에 쥐고 앉아있다. 향기로
가득한 그 순간, 마음 속에 작가의 감성이 녹아
든다. 따뜻한 컵을 안고 입술에 닿는 순간, 내 안
에 흐르던 무거운 노트들이 하나씩 사라진다.

　커피 한 잔으로 시작되는 아침은 시공간을 넘나
드는 장면이 펼쳐지는 시간이다.

커피 한 잔으로 마주하는 아침은 마음 속에 편안함과 안정을 선사한다. 잠시 동안 휴대폰을 잊고 공상에 빠져들며 새로운 세계로 떠난다. 영감의 땀방울들이 흘러나온다. 그리고 자유로운 인간이 되어 풍부한 언어로 세상을 묘사한다.

커피 한 잔으로 담아낸 아침은 나만의 공간을 열어준다.

디지털시대의 낭만주의자

나는 인류가 경험할 수 있는 가장 아름다운 일이 사랑이라고 믿는다. 만약 사랑이 없다면, 지구는 멸망할 수도 있다고 생각할 정도로, 사랑은 사람들에게 큰 관심사이며 인생에서 중요한 부분을 차지한다. 어떤 노래 가사에서도 '사랑 없이 못 살아. 정말 못 살아.'라고 표현되듯이, 나 역시 사랑 없이는 살 수 없을 것 같다.

어릴 적, 〈비포 선라이즈〉와 같은 낭만적인 영화를 보며 나도 언젠가는 그런 사랑을 경험하고 싶다는 꿈을 키웠다. 하지만 32년을 살아오면서 내가 직접 겪거나 들어본 적은 없었다. 대부분의 사람들은 평범하게 만나서 사랑하고 다투며 결국에는 결혼으로 이어지는 과정을 거친다.

영화를 보고 난 후 그 장면에서 "눈물이 나왔어!"라고 하면 "왜?"라고, 답하는 친구들이 종종 있다. 사람들은 각자의 경험, 감성, 인생관에 따라 같은 장면을 보고도 다양한 반응을 보일 수 있다. 눈물이 나온다는 것은 그 장면이 특별한 감정적 울림을 줬다는 증거이다.

나는 디지털보다 아날로그가 좋다. 과거의 휴대폰 없던 시절 연애 얘기를 들으면 그렇게 낭만적일 수가 없다.

종이 책을 읽는 것을 선호하는 사람들이나 손으로 편지를 쓰는 것을 좋아하는 사람들 중에는 아마도 아날로그의 매력을 느끼는 사람일 경우가 많을 것이다.

디지털 기술에 의존하는 동시에 아날로그의 가치를 놓치고 싶지 않은 이중적인 마음이 조금은 우스울 수도 있다. 아날로그가 주는 독특한 낭만과 감성을 소중히 여기기 때문이다.

이러한 마음가짐은 기술이 발전함에 따라 우리 삶에 깊숙이 자리 잡은 디지털 문화 속에서도, 아날로그의 따뜻함과 진정성을 잃지 않았으면 좋겠다.

앞머리

예전엔 그렇지 않았는데, 어느 순간부터 기분에 따라 충동적으로 미용실에 가게 되었다. 이런 무계획적인 행동은 처음엔 친구들을 놀라게 했지만, 이제는 '아, 머리 잘랐구나' 하며 별다른 반응을 보이지 않는다. 머리 모양은 외모에서 중요한 부분을 차지하는데, 나는 아무런 계획 없이 몇 분의 생각만에 큰 변화를 주는 경우가 많다.

주말 아침에 눈을 떠서 갑자기 머리를 자르고 싶어지면 내가 좋아하는 실장님 스케줄을 바로 확인한다. 예약이 가능하면 '이건 신의 계시야' 하고 바로 예약을 해서 짧게 잘라버린다. 그렇게 숏컷을 여러 번 했던 것 같다. 숏컷을 하고 나면 만족감이 100%였다.

하지만 단점도 있다. 3주마다 미용실에 가서 다 듬어야 하고, 매일 아침 머리를 감고 드라이해야 한다. 남자들이 구렛나루를 눌러주는 이유나 다 운펌을 왜 하는지 이해하게 된다. 짧은 머리가 긴 머리보다 시간과 노력이 더 들어간다. 이런 점들을 감내하면서도 숏컷을 유지한다. 그러다 지치면 길러야 하는데 그 과정에서 병지컷도 겪고 못난이 머리도 경험해야 한다. 이 모든 걸 알면서도 가끔 숏컷에 대한 미련을 버리지 못한다.

숏컷과 단발만 고집하던 나였는데, 어느 순간 "마지막으로 긴 머리를 해보자"는 생각이 들었다. 나이가 들면 머리숱도 줄어들 테니, 지금이 아니면 긴 머리를 즐길 기회가 없을 것 같았다.

거의 한 달에 한 번씩 기분에 따라 염색도 하고 파마도 했다. 머리 결은 점점 빗자루가 되어 가자 클리닉도 한달에 한 번씩 했다. 할 때마다 뭔가 나 자신을 돌보는 기분이었다. 사소한 것 같지만 머리카락 한 올 한 올 아껴주는 기분이 좋았다. 특히 뭔가 새로운 다짐을 할 때 확실한 변화를 주었던 것 같다. 예를 들어, 이직을 했을 때는 검은 생머리에서 부드러운 갈색머리의 파마머리로 성숙한 이미지로 변신을 하였다.

작가의 길을 걷기로 결심했을 때, 나는 내 머리 스타일에 대해 꽤 오랫동안 고민했다. 결국 검은색으로 염색하고 앞머리를 일자로 잘라내기로 결정했다. 앞머리 스타일은 사실 실장님의 제안이었다. 처음엔 히메컷을 추천해주셨는데, 나는 그 스타일이 사회생활에 어울리지 않을 것 같다며 극구 반대했다. "저도 사람 만나야 하는데, 그 머리로는 어떻게 대면하나요?"라며 걱정스럽게 말했다. 실장님은 계속해서 그 스타일이 나에게 잘 어울릴 거라고 추천하셨지만, 결국 내 애처로운 눈빛을 보시고는 마음을 바꾸셨다. 그래서 결국 앞머리만 잘라주기로 했다.

하지만 나의 콤플렉스인 옆 광대가 조금 문제였다. 갸름한 얼굴형이야 일자 앞머리를 한들 뭔들 예쁘겠지만 광대가 튀어나온 사람은 일자 앞머리가 안 어울리고 시스루 뱅이나 사이드 뱅이 어울리기 때문이다. 조금 걱정이 되어서 상의를 해보았지만 일단 잘라보고 좀 어색하면 옆에 이어지게 옆머리를 좀 내자고 하셔서 일단 잘랐다.

거울 속의 내 모습이 생각보다 낯설게 느껴졌지만, 동시에 개성 있고 마음에 들었다. 나답지 않으면서도 어딘가 나다운 느낌이었다. 고등학생 때 이후로 긴 머리에 앞머리를 자른 건 처음이라,

너무 신기하고 마치 과거로 돌아간 듯한 기분이
들었다. 내 기분과 머리스타일 모두 대만족이었
다. 실장님도 매우 흡족해하셨다.

집으로 돌아가는 길에 편의점에 맥주를 샀다.
점원 아주머니가 나를 이상하게 쳐다보시면서
"학생 아니야?"하셨다. 와, 이건 앞머리 때문인
가 싶었다. 이건 진짜 술집에서 하는 그런 립 서
비스가 아니었다. 어쩌면 그렇게 믿고 싶었을지
도 모른다. 나는 너무 수줍어하면서 "30살 넘었
어요..흐흐"라고 대답했다. 그 편의점은 맨날 가
던 곳인데, 그런 반응을 받은 건 처음이었다.

너무 신나게 집에 오자마자 귀여운 척 하면서
셀카를 찍었다. 엄마, 아빠한테 사진을 보내주었
다. '둘째 딸 20살로 돌아갔다~'라고 메시지를
보냈다.

그런데 엄마, 아빠 반응이 너무 웃겼다. 엄마는 "시술한겨?" 아빠는 "언제 사진? 옛날 사진?" 이러시는 거다.

예상치도 못한 반응이었다.

아름다움

20대 초반 까지만 해도 꽃 밭에서 사진 찍는 아주머니들이 소녀처럼 귀엽다고 생각했다. 꽃을 보며 너무 예쁘다고 환하게 웃는 모습이 꿍장히 순수해 보였다. 그런데 내가 벌써 이러고 있을 줄이야. 20대 중반쯤 부터 그런 기운이 스멀스멀 올라오기 시작했다.

내가 취미로 꽃꽂이를 배울 때부터 였던 것 같다. 꽃의 좋은 기운과 행복을 느꼈다. 그래서인지 어느 여행지를 가도 꽃과 식물만 있으면 그 앞에서 왜 그렇게 사진을 찍고 싶은지 모르겠다. 지금 내 나이의 친구들은 이해하지만 20대 때는 여기서 사진을 찍는다고? 하며 이해가 안 간다는 표정을 짓는 친구도 있었다.

나는 꽃 중에서도 붉은 장미를 좋아한다. 5월만 되면 장미사진 컬렉터가 된다. 지난 해는 무려 70장이나 찍었다. 일부러 날 잡고 나가서 찍을 정도이다. 분홍 장미, 흰 장미 다 예쁘지만 가장 아름다운 건 붉은 장미이다. 붉은 장미도 미묘하게 다 색이 다르다. 세상 아래 같은 색 없다고 좀 더 농도가 짙은 빨강, 채도가 높은 빨강, 가지각색이다. 그래서 더 사랑스러울 수밖에 없다.

그러다 점점 시들어 가는 꽃잎을 보면 '아 또 시간이 그 만큼 흘렀구나' 생각한다. '아름다운 건 역시 오래 누리지 못해' 하면서 말이다. 그

래서 아주머니들이 그렇게 꽃을 좋아하시는 걸
까? 화려한 그때를 그리워해서. 희미해진 향수
만 남아서.

수집가

 엽서 수집이 취미이다. 신발상자에 가득 차 있
다. 해외 여행지에서 구입한 엽서, 전시회나 사진
전에서 얻은 엽서 등 다양한 종류가 있다. 엽서
를 볼 때마다 추억과 취향이 담겨 있음을 느낀다.
정확한 날짜는 기억나지 않지만, 그 마음은 여전
히 남아 있다. 공연티켓을 수집하는 것 역시 비슷
한 취미이다. 이 취미를 가진 사람들을 자주 만나
기는 어렵지만, 10년 넘게 이를 모아온 나에게는
가끔 씩 공연티켓들을 보며 깊은 감동을 느낀다.
비록 중간중간에 몇 개의 티켓을 잃어버렸지만,
그 당시의 감정은 마음 속에 있다. 별도의 감상평
을 적어 놓는 부지런함은 없다. 그러나 그때 느꼈
던 행복과 예술로 받은 영감은 분명히 남아있다.

지금의 내가 존재하는 이유이다.

사진 찍기와 글쓰기에 대한 내 애정이 사물을 모으는 취미에서 비롯된 것일 수도 있다. 그래서 늘 카메라 성능이 좋은 스마트폰이 출시 되었다 하면 눈이 돌아간다. 노트와 펜은 늘 가방 안에 필수품으로 넣고 다닌다. 글은 종이에 펜으로 적는게 더 좋다. 스마트폰으로 글을 쓸 때 오타가 유독 많이 나고 문장이 어색해지는 이유를 잘 모르겠다.

모으는 만큼 버리는 것도 많다. 모으기만 한다면 내 집은 창고가 될 것이다. 취향을 타는 물건에 대해서는 질리면 바로 중고거래어플로 값 싸게 팔아버리는 편이다.

나름 뜨끈한 온도의 고수이다. 날씨가 따뜻해지면 새롭고 상쾌하게 재정비를 해야겠다.

공주 드레스

직장 생활로 인해 주로 오피스룩을 착용했지만, 나는 심플하고 시크한 스타일을 더 선호한다. 향수를 구매할 때도 로맨틱한 향기보다는 유니섹스 또는 타바코 향이 나는 제품을 종종 추천받곤 한다. 사실 나 역시 달콤하고 순수한 향기를 그다지 좋아하지 않는다.

밖에서는 시크한 모습을 유지하지만, 집에 들어서는 순간 내 안의 공주님이 깨어난다. 집에 도착하면 바로 시계를 벗고 옷을 갈아입는다. 그때부터가 나만의 공주 시간이다. 레이스가 장식된 흰색 실크 드레스를 입는다. 디자인도 다양하다. 가슴골이 살짝 드러나는 브이넥 드레스부터 어깨라인이 돋보이는 드레스까지 여러 스타일을 즐긴다.

이 드레스를 입고 거울을 보면 기분이 좋아진다. 비록 진짜 공주는 아니지만, 마음속으로는 공주가 된 듯한 기분이 든다.

만약 가족과 함께 살았다면, 이런 드레스를 구입하는 것은 상상도 못 했을 것이다. 하지만 독립하고 나서 이 드레스는 내가 서랍장보다도 먼저 구매했던 아이템 중 하나이다. 그만큼 나에게 공주 드레스에 대한 로망이 있었다.

이 글을 읽는 주변 사람들이 어떤 반응을 보일지 모르겠지만, 마음껏 비웃음을 받아들일 준비가 되어 있다.

발에 뼈 하나가 더 있다

　5년 이상 만성적인 발목 통증에 시달려왔다. 걸을 때마다 뒤꿈치가 신발에 닿을 때의 욱신거림이 발목 전체로 퍼져, 그런 날에는 슬리퍼를 신는 것이 더 나았다. 여러 정형외과를 방문해도 염증은 발견되지 않았지만 의사들은 소염제와 진통제를 처방하고 물리치료를 권했다. 일부는 아킬레스건염 이라 진단했고, 일부는 구체적인 병명조차 제시하지 않았다. 물리치료를 10회 정도 받고 나면 겨우 상태가 나아질 것 같은 느낌이 들었다.

언제나처럼 새로운 병원을 찾았고, 거기서 명의를 만났다. 그분은 내 발의 특성과 걸음걸이를 정확히 파악했다. 걸을 때마다 나는 쿵쿵거리는 소리, 평발은 아니지만 점점 평발화되어가는 현상, 그리고 자주 발목을 삐끗하는 것까지 말이다. 문제의 원인은 내 발에 다른 사람들보다 뼈가 하나 더 있다는 것이다. 의사 선생님께서 자세히 설명을 해주셨지만, 너무 당황해서 제대로 기억나지 않는다. 결국, 발이 제대로 기능을 하지 못해 발목이 모든 부담을 지고 있어 발목이 아프다는 결론이다. 이에 대해 얘기하다 보니, 엄마가 항상 집에서 조용히 걸으라고 잔소리하신 것까지 불평하게 되었다. 의사 선생님은 "어머니가 그렇게 낳으셨어요"라고 말하라고 조언해 주었다. 참 유쾌하신 분이다.

제주도 여행 계획이 잡혀 있었고, 한라산 등반은 오랜 꿈이었다. 하지만 발목 상태가 좋지 않아 크게 걱정이 되었다. 그래서 물리치료에 열심히 임했고 의사 선생님의 지시대로 충실히 따랐다. 여행 날짜가 다가올수록 불안감이 커져만 갔다. 아픔이 여전했기 때문이다. 결국 의사 선생님께 상황을 말씀드렸다. "다음 주에 한라산에 가야 하는데, 갈 수 있을까요? 정말 가고 싶어요." 내 취미가 등산임을 알고 계셨던 의사 선생님은 가라고 격려해 주었다.

의사 선생님 진료가 끝나면 내원 명세서를 들고 물리치료실로 가는데, 명세서에 '4/24 한라산 가고 싶어요.'라고 적혀 있었다. 그 문구를 보는 치료 선생님마다 한 번씩 다 "한라산 가세요?"라고 물어보셨다. 그리고 응원을 해주시면서 테이핑하는 방법도 알려주셨다.

드디어 디데이가 왔다. 테이핑을 단단히 하고 용감하게 한라산에 올랐다. 안개가 자욱해 경치를 제대로 보지는 못했다. 조금 아쉬웠지만 나 자신이 너무 장했다. 놀랍게도 한라산을 오르고 내

려온 후에는 발목에 전혀 통증이 없었다. 그 이후
로 지금까지 1년이 지났는데 한 번도 발목이 아
프지 않다. 엄마는 요즘 네가 운동을 안해서 그렇
다고 한다. 맞는 말이어서 할 말이 없었다.

어느 날 사라진 사장님

우리 집 근처에 쇼핑몰이 있다. 옷을 살 때면 그 곳을 자주 이용한다. 특히 출근할 때 입을 옷을 구매하러 갈 때는 내가 자주 찾는 오피스룩 전문 매장이 있다. 그곳을 자주 방문하다 보니 매장 사장님과도 친분이 생겼다. 원피스를 구매하고 싶다고 했다. 사장님께서는 원피스가 잘 들어오지 않아 조금 기다려 달라고 했다. 그 말에 기대를 품고 자주 매장에 들렀지만, 원피스는 여전히 나타나지 않았고 결국 나는 치마나 바지를 주로 구매하게 되었다.

늘 원피스를 찾는 내가 안쓰러웠는지 예쁜 원피스 들어오면 따로 연락 주겠다고 사장님이 말씀해 주셨다. 그런데 계속 연락이 없었다. 다른 거 살게 있던 참에 잠깐 들렸는데 사장님 표정이 안 좋았다. 너무 힘들어 보였다.

나에게 말씀하셨다. "아무 것도 하기 싫어. 왜 이렇게 하기가 싫으냐. 다 싫어. 다." 일하다 보면 나도 늘 그런 마음일 때가 있으니 대수롭지 않게 생각했다. 그러면서 나에게 "옷 사지마. 그냥 사지 말고 가. 뭘 사. 그만 사. 옷 좀 그만 사." 이러면서 나를 내쫓았다. 백화점 입점 브랜드에서 옷 사지 말라고 내쫓긴 건 나 밖에 없을 것이다. 내가 그렇게 많이 샀나? 약간 반성을 하며 집으로 돌아갔다.

몇 일 전, 엄마가 점퍼를 사달라고 해서 쇼핑몰에 갔는데 혹여나 사장님 잘 계시나 해서 가보

앉는데 안계시고 다른 분이 계셨다. 너무 놀래서
"사장님 그만두셨나요?" 했는데 그만두셨다는 것
이다. 아무 말이 안 나왔다. 그렇게 가버리시다
니...

나에게 마지막으로 하셨던 말 들이 머리속을 스
치며 지나갔다. 되돌아보니 진짜 그만두실 분이
아니었으면 하실 수 없는 말이었다. 왜 그때 눈치
채지 못했을까?

사장님이랑 짧지만 재밌었던 순간들을 생각하
니 아쉽고 조금 슬프다. 어쩌면 나만 재미었고 사
장님에겐 업무이고 힘든 부분이 있었을 수도 있
다.

고독한 크리스마스

1년 중에서 크리스마스를 정말 좋아한다. 크리스마스 때 특별히 무언가를 하지 않더라도, 혼자서 집을 크리스마스 분위기로 꾸미는 것만으로도 신이 난다.

12월에 친구 J를 집에 초대했는데, 평소에 술을 잘 마시지 않아서 그런지 와인 두 잔 만에 취해버렸다. 어느 새 방바닥에 드러누웠다. 그렇게 한 시간 동안 깊이 잠들었다. J가 깨워도 일어나지 않았다고 한다.

J가 곧 결혼할 예정이다. 결혼하고 아이를 가지면 이렇게 자유롭게 놀 수 있는 시간도 이번이 마지막일 수도 있다.

잠시 혼자 고독을 즐기며 와인을 마시고 재즈 음악을 듣는 상상을 했다. 생각보다 꽤 괜찮은 상황이다. 단지 좀 더 멋진 사람이 되기를 바랄 뿐이다.

J가 축사를 부탁했다. 눈물이 많아서 축사 도중에 울음을 터뜨리면 얼마나 우스운 상황이 될지 벌써부터 걱정이다. 눈물을 멈출 수 있는 약이 있다면 당장이라도 찾아갈 것이다.

같은 INFP 맞나요?

내가 J를 처음 만난 건 20살 때이다. 내가 INFP 성향을 가지고 있어서 낯선 장소와 사람들로 붐비는 곳을 매우 힘들어하고, 가능한 빨리 그곳을 벗어나고 싶어한다. 대학교 입학 후, 여러 우여곡절 끝에 신입생 환영회를 겨우 마치고 첫 수업을 듣게 되었는데, 신입생 OT에 참여하지 않았던 나는 자연스럽게 아웃사이더가 되었다. 다른 학생들은 이미 서로 친해져서 웃고 떠드는 반면, 나는 내성적인 성격 탓에 누군가에게 먼저 다가가지 못하고 조용히 학교 생활을 해나갔다.

그러다가 나와 비슷한 타입으로 보이는 친구를 만났다. 그 친구가 바로 J였다. 외로움을 느끼던 나는 용기를 내어 J에게 먼저 다가갔고, 그렇게 조금씩 우리는 친해지기 시작했다. 지금 돌이켜 보면, 처음에는 내가 거절을 잘 못하는 J에게 좀 많이 의지했던 것 같다.

그러나 J와 나 사이에는 성격 차이가 분명히 존재했다. 나는 매우 솔직하고 직설적인 반면, J는 감정을 잘 드러내지 않고 내면에 담아두는 성격이었다. 난 감정을 드러내는데, J는 오히려 감정을 억누르는 경향이 있었다. 이런 차이로 인해 오해가 쌓이고, 결국 우리 사이가 멀어졌다. 상황이 너무나도 안타까웠던 나는, J에게 먼저 다가가 술한 잔 하며 속마음을 터놓고 문제를 해결하자고 제안했다. 그 자리에서 나는 내 문제점을 인정하고 진심으로 사과했으며, 앞으로는 개선하겠다고 약속했다. J도 앞으로는 무언가 쌓이지 않도록 바로바로 솔직하게 말하기로 했다.

어느 날, 나는 내 중학교 동창을 J에게 소개해
주었다. 두 사람 모두 성격이 온화하고 착해 보여
서 잘 어울릴 것 같았다. 그 소개는 20대 초반에
이루어졌고, 놀랍게도 내년에 그들이 결혼할 예
정이라고 한다. 정말 사람 일은 예측할 수 없다는
것을 다시 한 번 깨달았다. 내가 이렇게 좋은 짝
을 찾아줄 줄이야, 스스로도 놀랐다. 결혼 얘기는
종종 들었지만, 실제로 결혼식 날짜가 잡히고 상
견례까지 마쳤다는 소식을 들으니, 감정이 복잡
하게 느껴졌다. 기쁘면서도 어딘가 공허하고 쓸
쓸한 마음이 들었다.

J는 나에게 있어서 큰 힘이 되어주고 매우 고마
운 친구다. 내가 울거나 힘든 이야기를 할 때, J
는 말 없이 안아주며 내가 가장 듣고 싶어하는 위
로와 인정을 절묘하게 알아준다. 그 덕분에 나
는 J에게 어떤 이야기도 할 수 있으며, 어떤 창피
한 일도 없다. J는 항상 나를 있는 그대로 받아들
이고 인정해준다. 벌써 13년이라는 시간이 흘러,

처음에는 말이 없는 J의 침묵이 답답하고 힘들게 느껴졌었지만, 이제는 말 없이도 J의 눈빛이나 표정만 봐도 서로의 마음을 알 수 있게 되었다. J가 현재 어떤 생각을 하고, 어떤 마음을 가지고 있는지 이해할 수 있게 되었다.

어느 날, J와 내가 동일한 INFP 유형임에도 불구하고 서로 극히 다르다고 느껴졌던 순간이 있었다. 술을 마시는 도중, J의 400만 원짜리 맥북이 사라진 사건이 그것이었다. 나는 처음엔 전혀 몰랐다가, 잠에서 깨어나서야 사라진 것을 알아차렸다. 당황해서 J를 급히 깨우며 맥북을 찾아야 한다고 소리쳤다. 하지만 J는 너무나도 평온하게 '없어졌다'고 말한 뒤 다시 잠이 들었다. 그런 평온함으로 어떻게 잠을 잘 수 있는지 나로서는 이해할 수 없었다.

아침이 되고 J는 집으로 돌아갔으며, 나는 지도 어플로 성수동 일대를 샅샅이 뒤져 어제 갔던 술

집의 위치를 찾아 헤맸다. 결국 전화를 돌려 맥북을 찾는 데 성공했다. J에게 전화했을 때, 그는 태연하게 잠을 자고 있었다.

이 상황은 정말 여러 모로 놀라웠다. 맥북은 결국 주인에게 돌아갔고, 나는 J의 평온함과 그녀가 걱정이나 불안을 거의 느끼지 않는 성격에 대해 다시 한번 감탄했다. 그런 성격이 부럽기도 하다.

인생의 회전목마

　사는 게 지겹다는 친구들이 있다. 맨날 똑같은 삶, 똑같은 루틴에 현타가 온다고 한다. 생각의 전환을 제안하고 싶다. 매일 똑같은 패턴에서 벗어나 다양한 방식으로 삶을 경험해 보는 것이다. 오늘은 한 가지 방식으로, 내일은 또 다른 방식으로 살아보는 것이다. 문제에 직면했을 때는 그 문제를 반대의 관점에서 바라보는 것도 유용한 해결책이 될 수 있다.

　인생을 회전목마 처럼 받아들이는 사람들이 있는 반면, 변화를 갈망하는 이들도 있다. 전자는 현재의 삶에 만족하며 잘 살아가는 사람일 가능성이 높고, 후자는 어떤 면에서 불만을 가지고 있을 수 있다. 삶의 태도와 인식은 개인마다 다르며, 각자에게 맞는 방식으로 삶을 즐기는 것이 중요하다.

나는 후자쪽이다. 그래서 새로운 시작을 위해 다시 목마를 찾으려고 한다. 나만의 새로운 경로를 만드는 것이 불만을 가지고 지내는 것보다 낫다고 생각한다. 지난 시간을 돌아보면, 왜 남의 탓만 하며 살았는지에 대해 한탄도 된다. 비록 나에게는 시간이 오래 걸린 것 같지만, 다른 사람들이 보기에는 나름대로 빠르게 움직였다고 생각하는 사람도 있을 것이다.

결국, 나는 언젠가 나만의 멋진 회전목마를 만들 것이다. 말과 함께 춤을 출 것이다. 환희에 찬 모습으로.

2부

고독의 선물: 내면의 여정을 통한 깨달음

가장 친한 친구는 나 아닐까

국어사전에 고독과 외로움을 검색해보았다. 내가 생각한 의미와 생각이 달라서 많이 놀랐다.

- 외로움 : 홀로 되어 쓸쓸한 마음이나 느낌.

- 고독 : 1. 세상에 홀로 떨어져 있는 듯이 매우 외롭고 쓸쓸함, 2. 부모 없는 어린아이와 자식 없는 늙은이.

고독은 물리적으로 혼자 있는 상태이지만 정신적으로는 자기 성찰, 창의력 발현, 개인적 성장의 기회로 여겨질 수 있다. 고독의 경험은 개인의 성향에 따라 주관적으로 크게 달라질 수 있다. 무엇이라고 정확하게 정의하기가 어렵다고 생각한다.

갑자기 고독사라는 말이 생각났다. 고독이라는 단어가 종종 부정적인 맥락에서 사용되는 것이 안타까웠다. 고독은 다양한 차원과 의미를 지니며 많은 예술가, 작가, 철학자들이 창의적인 작업과 깊은 사색의 시간에 활용하여 많은 기록이 남겼기 때문이다.

외로움은 외로움이다. 고독과 뜻이 같아 보일 수 있지만 서로 다른 느낌이다. 외로움은 사회적 연결이나 교류가 부족하다고 느낄 때 경험한다. 때로는 사람이 옆에 있어도 느낄 수 있다. 반면 고독은 혼자 있고 싶은 욕구나 혼자 있는 상태에서 오는 평온함을 느낄 때가 많다. 외로움은 강렬

하고 아픈 감정이 대부분이고 사람과의 깊은 연결을 갈망한다. 외로움은 일시적인 상태일 수도 있지만 지속된다면 더 깊은 정서적 문제의 신호가 된다. 평상시에 불안과 스트레스로 수면 문제가 있고 신체적인 건강 문제가 잦다면 뭔가 문제가 있다. 그들이 사회적으로 고립되지 않게 주위 친구들이 잘 살펴 보는 게 좋을 것이다.

혼자 살게 되니까 할 것이 무궁무진했다. 그래서 인지 음주도 모임도 자연스럽게 멀어지게 되었다. 어렸을 때는 철학자 쇼펜하우어가 나랑 가치관이 안 맞는다고 생각했는데 어느 새 그의 말대로 살고 있다. 사교적 모임보다 정신력을 키우는 시간이 더 중요하다. 오히려 사람을 만나는 일이 많으면 많을수록 마음이 더 혼란스러워 지고 균형을 잃는다.

고독은 인간에게 자연스러운 마음이고 누구나 있다. 너무나 추운 이들은 같이 붙어있지 않으면 버티기가 힘들다. 그러나 정신력이 강한 사람은 그럴 필요가 없다. 고독을 즐기는 자는 고귀한 정신을 가지며 늙어갈 수 있지 않을까.

"진정한 고독은 자신과 대면할 때, 그리고 자신의 내면과 친구가 될 때 비로소 경험할 수 있다."
- 알베르 카뮈(Albert Camus)

알베르 카뮈의 명언은 자기 자신과의 관계의 중요성을 깊이 있게 표현했다. 자신의 내면과 친구가 되는 것은 자기 인식과 자기 수용의 여정에서 매우 중요한 부분이다. 이 과정에서 우리는 자신의 장점과 단점, 욕구와 꿈을 더 잘 이해하게 된다. 이는 자기 자신과 평온하게 지내는 데 필수적이다.

나만큼 나를 잘 아는 사람은 없다. 나와의 대화를 지속하고 내면을 탐색하는 여정은 삶을 통틀어 가장 보람찬 모험이라 생각한다.

이해 받지 못하는 마음

어느 날 회사에서 갑자기 심장이 격렬하게 뛰기 시작하고 손이 떨리며 극심한 불안감에 휩싸였다. 이 상태는 멈추지 않고, 잠을 이루지 못하는 밤이 이어지며 상황은 악화되었다. 걷기조차 버거웠고, 모든 움직임이 무겁게만 느껴졌다.

결국 병원을 찾았고 뇌파 검사 결과, 스트레스로 인해 뇌가 제 기능을 하지 못하고 있는 상태였다. 우울증과 불안장애 진단을 받았다. 의사는 그간의 고된 삶에 대해 위로하며 치료를 통해 극복할 수 있을 거라고 용기를 북돋워 주었다.

한 달 동안 거의 매주 휴가를 사용하며, 아침에 일어나기조차 힘든 상황에 이르렀다. 아무런 감정도 느껴지지 않고, 오로지 지친 상태만이 계속되었다.

미디어는 정신의학을 심각하게 다루고 있지만, 실제로는 그렇지 않은 것 같다. "나 많이 힘들어"라고 말했을 때 "나도 힘들어"라고 대답하는 친구도 있었다. 내가 말하는 '힘듦'은 단순히 무언가를 해서 힘든 것이 아니라, 병을 앓고 있어서 힘들다는 것이다.

내가 동료에게 조금 극단적인 상황을 가정해 "내가 암에 걸렸다면 그 사람도 그렇게 말했을까?"라고 했는데, 그 사람은 "미안한데, 전혀 공감이 가지 않아"라고 대답했다.

내가 최악으로 마음이 무너져서 울고 있을 때

어떤 상사가 "그렇게 서러운 게 많아 어떡하냐"
고 말했다. 내가 아픈 걸 알면서도, 회사에서 우
는 것을 별로 보고 싶어 하지 않는다는 듯이, 나
이도 어리지 않은데 강해져야 한다고 말했다. 나
도 강해지고 싶지만 병이란 것이 단순히 나으려
고 마음 먹는다고 바로 좋아지는 것이 아니지 않
나.

　나는 격려의 한마디가 절실히 필요했다. 모두
가 왜 그렇게 나를 외면하는지 알 수 없었다. 너
무 외로웠다. 그래서 아무에게도 내 속마음을 깊
이 털어놓고 싶지 않았다.

바람처럼 살고 싶다

나는 바람처럼 살고 싶다.

자유롭게 훨훨 불고 싶다.

어디에도 구속받지 않고, 순리에 따라 마음이
편안하게 존재하기를 바란다.

현재 나는 가시덩굴에 걸려 허우적거리고 있다.
과한 욕심이 이 상황을 초래한 것 같다. 발버둥을
칠수록 덩굴은 더욱 꽉 조여온다. 앞으로 이 덩굴
을 어떻게 풀어야 할지 불안해하며 살아가야 한
다.

나는 평생을 살아오면서 노력 없이 대가를 얻을 수 없으며, 운이 절대로 따라오지 않는다고 생각해왔다. 성공하지 못하더라도, 성공할 때까지 끝까지 해내는 것이 내 신조였다. 직장 생활에서 이러한 태도는 더욱 강해졌다. 나는 항상 완벽을 추구했고 남들보다 빠르고 앞서 나가야 하며, 눈에 띄어야 한다고 믿었다.

보고서에는 나만 만족하는 열정이 가득한 완벽함이었지, 남들이 보기엔 그냥 한 장의 보고서일 뿐일 텐데 말이다. 그로 인해 인정받지 못한다는 것에 대한 서러움과 분노도 찾아왔다. 이런 거지 같은 완벽주의가 나를 번아웃이라는 병을 주었다.

의사 선생님께서 말씀하셨다. "한계란 있을 수 있습니다. 안되면 안되는 것이에요. 그냥 거기까지만 하면 됩니다. 안되는 것을 억지로 애쓰지 마세요."

30년 살면서 처음 듣는 말이었다. 그 말에 충격 받아서 멍했다. 병원을 빠져나와 한참을 생각했다. 저 말이 맞는 말인가? 의문이 들 정도로 이해가 안갔다.

나에겐 한계란 인간이 미리 정해 놓은 것이라 한계 같은 것은 이미 없는 것이고 끝까지 하는 것이 열정이고 끈기라고 생각했다. 저 의사 선생님은 공부 한계점이 저리 높아서 의사가 된 걸까? 이런 생각도 들었다. 의사 선생님은 그런 뜻으로 말씀하신 게 아닌데 또 부정적인 내 마인드가 엇나가려고 하기 시작했다.

마음을 다잡고 집에서 다시 생각해 보았다. 그래, 나는 너무 나를 놓아주지 않았다. 나 자신을 너무 학대할 정도로 괴롭혔다. 넝쿨에 걸린 채 살려고 허우적대다 모든 것을 포기한 채 희망도 버리고 어떻게 살지도 모르겠다는 심정이다.

앞으로 영원히 가시덩굴에 머물 수는 없다. 언젠가 나에게도 엄청나게 강한 바람이 불어올 것이다. 그 날이 오면 나를 위해서 살아갈 것이다.

나에게 자유를 줄 것이고, 욕심을 내려놓을 것이다. 어디에도 구속되지 않고, 마음의 평화를 느끼며 자유롭게 바람처럼 살고 싶다.

낯선 이

　내 안의 어둠을 밀어내고 청계산을 올랐다. 그
것은 마음 깊은 곳에서 우러난 작은 용기였다. 산
의 푸르름 속으로 발을 내디딜 때마다, 나의 무거
운 심장도 조금씩 들뜨기 시작했다.

　그러나 산 중턱, 그 높이에서 나는 흔들렸다.
내가 사랑하는 등산이지만 중도에 포기하고 싶었
다. 그런 결심을 해본 적이 없었기에 내 마음은
혼란스러웠다.

　그때였다. 누군가가 나에게 외쳤다. "화이팅!"
그의 목소리는 강렬했고, 그 말에는 순수한 열정

이 담겨 있었다. 그 말은 나의 마음에 새겨졌고, 나는 놀랍게도 그 힘을 느낄 수 있었다. 이것이 바로 '말의 힘'인가? 나조차 몰랐던 내 안의 힘이 깨어나고, 나의 다리와 정신에 새로운 에너지가 솟구쳤다.

그 순간, 나는 깨달았다. 말 한 마디가 얼마나 소중한지를. 그 사람의 얼굴이 잘 기억은 나지 않지만, 그의 밝은 미소와 다정한 목소리는 내 마음 속에 영원히 새겨졌다.

벌써 일년이 다 되어가는 지금도, 그 기억은 내 가슴을 울리고 있다. 힘들 때마다, 그 "화이팅"이 라는 한마디가 내 마음속을 맴돈다.

나는 낯선 이의 격려 덕분에 내면의 힘을 발견 했다. 나도 누군가에게 그 힘을 전할 수 있기를 바란다.

고요한 도심과 마음

스트레스가 심할 때, 나는 잠을 제대로 자지 못한다. 잠이 들어도 2~3시간 만에 깨고, 그 후론 뜬눈으로 밤을 지샌다. 결국 새벽 5시가 되면 침대에서 일어나 준비를 하고 한강으로 향한다. 거기서 조깅을 시작한다. 침대 위에서 의미 없이 누워있기보다는, 차라리 운동을 하는 게 낫다고 생각해 5km 이상을 달린다.

도시는 새벽이 되면 낯설게도 조용하다. 긴장과 설렘으로 가득 찬 채 달리기를 시작할 준비를 한다. 발이 바닥을 밟을 때마다 감각이 되살아나고, 시원한 바람이 온몸을 감싸 안는다.

발걸음이 점점 가벼워져 바람과 마음이 하나가 되는 듯한 느낌이 든다. 달리면서 저 멀리 펼쳐진 경치를 바라보며, 새벽의 고요함과 아름다움에 젖어든다. 이런 고요함과 적막함이 너무 좋다.

내 호흡과 발소리가 점차 하나의 리듬을 이루며 조화롭게 울려 퍼진다. 새벽의 고요함 속에서 해가 떠오르기 시작하며, 서서히 깨어나는 도시의 소리들이 귀에 들려온다. 새벽 햇살이 부드럽게 나를 비추며 따스함을 선사한다.

달리기를 하면서 기분도 점점 고조되어, 몸과 마음이 완전히 자유로워진다. 이 고요한 시간과 아름다운 일출과 함께 새로운 하루를 맞이한다.

나를 위한 작은 쉼

두세 달이 지나자 조금씩 회복할 것 같은 기분이 들기 시작했다. 점차 나아지면서, 이제야 눈물도 흘릴 수 있게 되었다. 가능한 모든 것을 시도해보려고 했다. 새로운 취미를 찾아보고, 명상 모임과 독서 모임에도 참여해보았다.

독서 모임에서 첫 번째 주제로 '휴식'을 다뤘다. 휴식에 관한 책을 읽으면서, 각자의 '타임 오프' 방법에 대해 탐색하는 시간을 가졌다. 나는 놀랍게도 살면서 내가 어떻게 휴식을 취하는지에 대해 한 번도 깊게 고민해본 적이 없었다는 것을 깨달았다. '어떻게 하면 일을 더 잘할 수 있을까?'에 대해서는 수 없이 많은 시간을 고민했지만, '어떻게 하면 제대로 휴식을 취할 수 있을까?'에 대해서는 관심조차 없었다.

모임에서 다른 사람들이 자신의 휴식 방법과 쉼의 정의를 자유롭게 이야기할 때, 나는 말할 것이 별로 없었다. "요즘 저는 제대로 쉬지 못하는 것 같아요. 그나마 퇴근 후 책을 읽을 때가 가장 편안하게 쉬었던 기억이 나네요."라고 말했다. "저는 책을 꼭 읽지 않아도, 가방에 책 한 권을 넣고 다니면 마음이 편안해져요. 그래서 큰 가방을 선호해요. 밖에서 한 줄이라도 읽으면 마음이 편안해지거든요."라고 덧붙였다.

나는 '휴식'에 대해 곰곰이 생각해봤는데, 결국 '아무 생각도 하지 않는 것'이 휴식이라는 결론에 도달했다. 아마도 생각이 너무 많은 나에게는 먼저 뇌를 비우는 것이 중요하기 때문일 것이다. 스트레스가 쌓이는 주된 이유도 대화를 통해 더 자세히 알게 되었는데, 그것은 바로 '멀티태스킹'이

었다. 일을 할 때 멀티태스킹을 자주 하는데, 이
를 통해 스스로를 프로페셔널하다고 여기기도 한
다. 그러나 사실 이는 굉장한 스트레스와 분주함
을 가져오는 길이다. 휴식을 취할 때도 마찬가지
이다. 핸드폰을 보면서 TV를 시청하거나, 메신저
를 보내면서 영화를 보는 것처럼 한 가지 일에만
집중하지 못하는 사람은 제대로된 휴식을 취하지
못한다.

쉼을 체계적으로 계획하는 분이 있어서 놀랐다.
이는 쉬는 방법에 대해 진지하게 고민해보라는
의미였다. 마치 영양제를 꼼꼼히 챙겨 먹는 것처
럼, 휴식도 세심하게 계획하고 실천하는 것이 중
요하다고 강조하는 것이다. 명상을 하거나 집 청
소를 통해 마음의 평화를 찾는 분도 계셨다. 각자
의 개성과 생활 방식에 맞추어 자신만의 휴식 방
법을 찾아 실천하고 있었다.

나는 집으로 돌아와 여러가지 생각이 들었다.

일단, 언제 기분이 매우 좋았는지를 되돌아보니 새롭고 다른 경험을 할 때 특별한 행복과 자극을 받는 것을 깨달았다. 특히 예술 분야에서의 경험이 더욱 그렇다. 감동적인 공연이나 예술 작품을 접했을 때 느끼는 여운은 일상 속에서도 오랫동안 지속된다. 여행도 비슷한 효과를 준다. 좋은 추억을 만들고, 사진으로 그 기억을 영구히 남기는 것은 매번 보면서도 행복감을 느끼게 한다. 여행 중인 내 모습은 언제나 가장 빛나 보인다.

그리고 사소한 행복 리스트도 적어보았다.

1. 자연 속에 있을 때
2. 시원한 공기와 바람을 느낄 때
3. 따뜻한 햇살을 느낄 때
4. 여유로울 때
5. 아무 생각 없이 커피 마실 때

이번에는 내가 좋아하는 이미지를 생각해 보았

다.

1. 주로 숲이나 나무

2. 맥시멀리즘보다 호텔 방처럼 깔끔하고 미니멀 한 것

3. 햇살이 내리쬐는 창가에 앉아서 독서하는 공간. 피아노곡이나 재즈곡이 아주 조용하게 흘러나와야 한다. 향은 나무 냄새가 은은하게 나오는 공간

4. 봄처럼 따뜻하고 살랑거림이 아니라 겨울처럼 춥지만, 따뜻한 온기를 느낄 수 있는 이미지

이렇게 내가 좋아하는 것을 적어 보면서 이런 공간이 어디에 있는지 찾아보았다. 그러면서 몇 군데의 공간을 찾게 되었다. 가서 책도 읽고 커피를 마시며 분위기를 만끽했다.

목적이 있는 삶

나의 안정은 때때로 깨져, 일에 대한 의욕을 잃고 멍하게 지내는 날들이 잦았다. 그런 상태에서 더욱 힘든 것은 회의감이었다. 배신과 거짓말이 일상인 환경, 분별력 없이 말을 내뱉는 후배, 적절한 기준 없이 평가하는 상사, 나르시시즘에 빠져 다른 사람을 조종하려 드는 상사 등으로 인해 사회생활에 점점 지쳐갔다. '이런 게 다 그냥 평범한 일상인 걸까?' 하고 생각하며 모두가 이렇게 억눌러가며 돈을 버는 것인지 고민하게 되었다.

어느 날, 조건이 괜찮은 회사에서 면접 제안이 들어왔다. '에라 모르겠다'는 마음으로, 나는 이번에는 정말 내가 원하는 만큼의 연봉을 요구하기로 했다. 그동안 연봉 협상 때마다 실제로 원하는 금액을 말해본 적이 없었고, 항상 원하는 것보다 적게 제시했었다.

회사 측에서 제시한 연봉을 수용하겠다고 해서 이직을 결정했다. 하지만 새로운 환경에서 예상치 못한 상황이 발생했다. 생각했던 것과 팀장의 말이 크게 달랐고, 아무도 나에게 별다른 관심을 기울이지 않았다. 나는 마치 혼자서 새로운 영역을 개척해나가는 듯한 상황에 처했다. 심지어 팀장조차 나에게 말을 걸지 않았고, 업무량은 상상을 초월했다. 더 깊이 일에 몰두하고 싶었지만, 그럴 수 없는 상황이었다. 업무는 넓고 얕게 퍼져 있어 집중하기 어려웠다. '내가 정말 이런 일을 하기 위해 여기에 온 걸까?' 하는 후회가 들었지만, 높은 연봉 때문에 상황을 받아들이며 계속 다

녔다.

계속되는 스트레스가 쌓이자 먹는 약도 점점 늘어져 갔고, 의사선생님도 처음으로 퇴사를 권하셨다.

인사팀의 OO 동료님과 나의 근무 상황이 비슷한지 궁금해서, 그분께 힘들지 않으신지 여쭈어보았다. 그분은 분명 힘들지만 모든 일을 마친 후에는 성취감을 느낀다고 답했다. 그 말을 듣고 '성취감'에 대해 깊이 생각하게 되었다. 나는 한 번도 진정으로 성취감을 느껴본 적이 없다는 사실을 깨달았다. 프로젝트를 성공적으로 마무리한 적도 있고, 성과금을 받은 적도 있지만, 그런 순간들에서 진정한 성취감을 느낀 적은 없었다. 나는 단지 돈을 추구하는 사람이 아니며, 내 직업적 윤리도 단순히 원칙이기에 기계처럼 따라 행동하는 것이다. 내가 원하는 삶은 이게 아니었다. 8년 뒤에나 알았다.

그동안 번아웃이 찾아오고 직장 생활이 힘들 때마다, 그 모든 것을 성장의 과정이라고 여겼다. 내가 열정적이고 무엇이든 열심히 하는 성향을 가지고 있기에, 모든 어려움을 견디면 결국 더 큰 인물로 성장할 것이라고 믿었다. 하지만 나 자신에 대해 너무나도 모르고 있었다. 다른 목적을 위해 에너지를 쏟고 있었다.

그래서 목적이 있는 삶을 가려고 한다. 그 길의 끝에 행복하게 웃으며 기다리고 있을 나를 위해.

예술은 길고 인생은 짧다

나는 초등학생 때 처음으로 류이치 사카모토를 알게 되었다. 당시 언니와 함께 사용하던 MP3 플레이어의 플레이리스트를 통해 그의 음악을 접했다.(MP3란 들고 다니는 소형음향기기이다.) 그 중 'Rain'이라는 곡을 처음 듣고 매혹됐다. 이 곡은 처음에는 긴장감을 주다가 점차 웅장하고 감동적인 분위기로 변화하며 다양한 감정을 불러일으켰다. 이후 류이치 사카모토의 다른 작품들을 탐색하며 '마지막 황제' 영화 OST에 깊은 인상을 받아, 음악이 영화까지 찾아보게 만든 경험을 했다.

'Merry Christmas Mr. Lawrence'는 나에게 특별한 의미를 가지고 있다. 이 곡은 류이치 사카모토의 작품 중에서도 나의 최애 곡으로, 그 섬세함이 마치 파도처럼 나의 감정을 잔잔하게 만들어주고, 외로움과 쓸쓸함을 달래주는 듯하다. 마치 눈보라가 치는 추운 날, 따뜻한 난로 앞에서 좋아하는 커피를 마시며 듣는 듯한 포근함을 준다. 류이치 사카모토의 음악은 마치 감정을 다루는 마술사 같아, 겨울이 오면 'Merry Christmas Mr. Lawrence'를 끊임없이 반복해서 듣게 된다.

이사 온 해, 류이치 사카모토의 마지막 피아노 솔로 공연이 있었다. '마지막'이라는 말에 애초부터 감정이 북받쳤다. 그가 마지막 공연을 알면서 피아노를 치는 순간, 그의 마음은 어땠을까, 초월의 마음이었을까. 엔화로 결제하고 12월에 그 공연을 시청했을 때, 병마와 싸우고 있음에도 불구하고 그의 연주는 너무나도 완벽해서 아픈 사람이라고는 전혀 느껴지지 않았다. 섬세하고 감동적인 연주에 내 감정이 크게 요동쳤다. 그리고 몇 달 후, 그는 우리 곁을 떠나 별이 되었다.

얼마 전에 '류이치 사카모토-오퍼스'라는 영화가 개봉했을 때, 나는 바로 예매를 하고 영화관으로 달려갔다. 이미 집에서 그의 마지막 피아노 솔로 공연을 본 적이 있었지만, 영화관의 큰 스크린과 사운드 시스템 덕분에 완전히 다른 경험을 했다. 영화관에서 보니, 류이치 사카모토의 표정과 손길이 훨씬 더 선명하고 크게 느껴졌다. 그로 인해 그의 음악과 감정을 더욱 깊이 있고 자세히 느낄 수 있었다.

류이치 사카모토의 연주에서는 그의 손끝에서부터 음악의 영혼이 느껴진다. 70세의 나이임에도 불구하고 그의 연주는 흔들림 없이 정교하며, 단 1초 만에 다른 음악으로 전환될 때마다 즉각

적으로 다른 감정을 표현하는 능력을 보여준다. 그의 얼굴에서는 모든 음악에 감정을 쏟아내는 것이 뚜렷하게 보인다. 공연 중간에 몸이 힘들어 잠시 쉬는 시간을 가질 때조차, 그는 피아노 앞에서 손가락을 계속 풀며 음악에 대한 헌신을 멈추지 않는다. 이러한 모습은 그에 대한 존경심을 더욱 깊게 한다.

내가 가장 좋아하는 곡, 'Merry Christmas Mr. Lawrence'는 수십 년간 쓸쓸함 속에서도 나를 안아주는 따뜻함을 준 곡이었다. 그러나 그날 이후, 나의 마음은 완전히 바뀌었다. 그가 이 곡을 연주할 때의 행복해 보이는 표정을 보고 나서, 이 곡은 더 이상 나에게 쓸쓸하게 들리지 않는다. 오히려, 어떠한 눈보라 속에서도 이겨낼 수 있는 강력함과 따뜻함을 지닌 노래로 느껴진다.

예술은 길고 인생은 짧다.

태양이 그를 비추든 안 비추든 그것은 상관없
다. 그의 음악은 영원할 것이다.

재즈는 인생이다

내가 재즈와 처음 만나게 된 건 2017년 5월에 열린 서울재즈페스티벌이었다. 음악을 향한 열정이 넘치는 언니와 함께 갔을 때, 그녀는 춤을 추며 완전히 빠져들었다. 그 당시 찍은 동영상과 사진들을 볼 때마다, 그 자유로운 분위기와 언제나 선선하게 느껴지는 바람이 어우러져 마치 어느 계절에서도 살랑이는 듯한 느낌을 준다. 그 모습이 정말 아름답다.

그해, 내가 좋아하는 팝 가수가 앨범에 재즈 곡을 실었다. 이 가수는 감성이 풍부하고 가창력이 뛰어나서, '눈싸움'이라는 곡이 특히 마음에 들었다. 어느 날, 백화점에서 매우 비싼 스피커를 통해 이 노래가 흘러나왔고, 그 멜로디에 매혀서 걸음을 멈출 수밖에 없었다. 노래에 깊이 빠져 귀를 즐겁게 하고 있을 때, 옆에서 점원이 미소 지으며 바라보자, 난 민망함을 느끼고 그 자리를 빠르게 떠났다.

재작년, '한여름밤의 재즈'라는 다큐멘터리 영화를 관람했다. 내가 좋아하는 재즈 유튜버가 영화 상영 후 인터뷰를 진행한다고 해서 관심을 가지고 바로 예매했다.

이 영화는 1958년에 열린 뉴포트 재즈 페스티벌의 생생한 실황을 담고 있으며, 단순한 콘서트 영화를 넘어서 뮤지션뿐만 아니라 관객들의 자유로운 행동과 표정에도 주목한다. 또한, 감독이 의도적으로 연출한 듯한 장면들도 가미되어 있다.

나는 그 시대에 태어나지 않았지만, 이 영화를

통해 마치 타임머신을 타고 그 시절 뉴포트로 놀러 간 듯한 느낌을 받았다. 그 당시의 뉴포트는 낭만과 자유로 가득 차 있었다.

영화를 보는 동안 유일한 아쉬움은 어두운 상영관에서 조용히 관람해야 했던 점이었다. 만약 야외에서 상영되었다면 더욱 신나고 활기차게 즐겼을 것이다.

그 유튜버는 바로 '재즈의 계절'이라는 책의 저자, 김민주님이시다. 영화 상영 후 즐거운 재즈 이야기를 나누고 김민주님의 사인도 받으며 집으로 돌아온 그 날은 정말 행복했다.

그 때가 가을이었는데, 그 해 겨울에도 재즈 모임에서 김민주님을 다시 만나 같은 책에 다시 사인을 받을 기회가 있었다.

다음에 또 만날 기회가 생긴다면, 이 책을 가지고 가서 유튜브를 통해 좋은 노래를 잘 듣고 있다는 감사의 말을 전해야겠다고 생각했다.

재즈하면 화가 앙리마티스를 빼놓을 수 없다. 앙리마티스의 그림은 재즈의 선율처럼 곡선이 아름답다. 노년에는 관절염으로 그림을 못 그리게 되자 종이를 잘라 붙였다고 한다.

얼마 전, 앙리 마티스 전시회를 방문했을 때, 색종이를 잘라 자유롭게 작품을 만들어 볼 기회가 있었다. 전시회에는 신중하게 고민하며 잘라 붙이는 사람들도 있었고, 나와 같이 빠르고 즉흥적으로 하는 사람들도 있었다.

즉흥적으로 작업한다고 해서 아무 생각 없이 하는 것은 아니다. 나만의 감정과 생각이 담긴 작업이다.

강박적인 순간이 올 때, 마일스 데이비스의 'So What'을 듣곤 한다. 이 곡은 재즈 역사상 가장 위대한 앨범 중 하나로 평가받는 〈Kind Of Blue〉에 수록되어 있다. 이 곡은 자유롭고 즉흥적인 요소가 가득하다. 그리고 개인적으로 혁신적인 느낌도 함께 전달한다.

이러한 특성이 과연 숙련된 노련함에서 비롯된 것인지, 아니면 진정으로 자유로움 속에서 나오는 것인지 궁금해진다. 아마도 이 둘의 조화일 것이다. 이 곡을 들을 때마다 나는 이처럼 자유로우면서도 노련함이 빛나는 인생을 살고 싶다는 생각에 사로잡힌다.

재즈는 나에게 영원한 영감을 주는 삶의 방식이자, 인생 자체이다.

글을 통해 숨 쉬다

글을 쓸 때면 마음이 고요해지고 평화가 찾아온다. 오로지 한 곳에만 집중할 수 있다. 여러가지 불필요한 생각 따위는 필요 없다. 실패를 하더라도 좌절 같은 건 안 할 것 같다. 바로 우뚝 설 수 있는 내면의 힘과 에너지가 있다.

일부 사람들은 글쓰기가 사람을 피폐하게 만들 수 있다고 얘기하지만, 나에게는 그렇지 않다. 오히려 글쓰기는 나를 더욱 아름답고 생기 있게 만들어준다. 반면에, 예전에 계속하던 일을 지속했다면, 그것이 나를 더욱 피폐하게 만들고 결국 병에 걸리게 할지도 모른다는 생각이 든다.

요즘 많은 사람들이 꿈을 사치라고 여긴다. 그것이 사실일 수도 있다. 어떤 이들에게는 꿈이 없을 수도 있다. 하지만 내가 얘기하는 꿈은 반드시 거창한 것을 의미하는 것은 아니다. 올해 안에 500만원을 모으는 것과 같은 작은 목표도 충분히 꿈이 될 수 있다.

꿈이 있는 사람의 눈빛은 분명히 다르다. 아무리 부유한 사람이라도 꿈이 없으면 그 눈빛은 흐리멍텅하고 생기가 없다.

나는 지금 내가 세운 마음가짐이 변함없이 유지되기를 바라며, 내 꿈이 실현되기를 간절히 바란다.

이카루스

"무슨 일 하세요?"라는 질문이 점점 더 불편하게 느껴지기 시작했다. 처음엔 이 질문을 받을 때마다 내 직업에 대한 자부심과 만족감을 느꼈었다.

이런 변화가 단순히 일이 싫어져서인지, 아니면 다른 깊은 이유가 있는지 스스로에게 묻게 되었다.

수 개월에 걸친 깊은 고민 끝에 내린 결론은, 내가 8년 동안 자신에게 맞지 않는 일을 해왔다는 것이었다. 이 결론에 이른 가장 큰 이유는, 그 모든 시간과 노력에도 불구하고 지금 내게 남는 것이 별로 없다고 느꼈기 때문이다.

모든 선배와 어른들이 퇴사에 반대했다. '밖으로 나오면 지옥이다', '하지만 결국 네가 나가겠다고 마음먹으면 어쩔 수 없을 것이다'라는 말들을 들었다. '그래, 나와라'라고 격려하는 선배는 한 명도 없었다.

나는 더 이상 버틸 수 없다는 결론에 도달했다. 8년이라는 시간 동안 열심히 해왔기에 나 자신에게 '잘했다'라고 생각한다. 그동안 겪었던 일들이 머릿속을 스쳐 지나가며, 내 자신에게 '수고했다'라고 말해주고 싶다.

나를 한마디로 표현해보았다.

'글 속에서 숨쉬는 유안', '감정에 사치부리는 유안', '눈에 보이지 않는 영원함이 있다고 믿는 유안'

나를 대표하는 타이틀을 새롭게 써보니 마치 다시 태어난 것 같은 기분이었다. 평소에는 볼 수 없었던, 새롭고 창의적인 타이틀이었다. 평생을 책임감 있고 성실한 이미지로만 자신을 규정지었던 나에게, 이번 타이틀은 내가 진정으로 표현하고 싶은 자신을 드러낼 수 있는 기회였다. 고리타분하다고 여겼던 기존의 타이틀들과 달리, 이번에는 진짜 나를 보여줄 수 있는 타이틀을 찾은 것이다.

나는 이제 새로운 도약을 위해 날아갈 것이다. 이카루스는 인간의 한계를 인정하고 지혜롭게 생각하여 욕심부리지 말고 날으라고 교훈을 주었다. 비록 추락하였지만 나는 그의 용기는 대단하다고 생각한다. 욕심은 부리지 않더라도 노력은 멈추지 않을 것이다. 끝까지 포기하지 않고 계속 날을 것이다.

이소라 7집 앨범에 수록된 'track9'을 좋아한다. 가사와 멜로디의 깊이가 나를 울려 처음 듣자마자 눈물이 나왔다. 처음부터 끝까지 다 내 얘기 같아서 내 심장을 관통하는 기분이었다.

특히 '당연한 고독 속에서 살게 해. 고독하게 만들어 널 다그쳐 살아가.' 이 부분의 울림이 강하다. 외부의 압력과 내면의 싸움의 복잡함을 이해하기 쉽게 전달하는 가사가 너무 마음에 와닿고 좋았다. 그래서 많은 사람들에게 사랑을 받는 곡이 되지 않았나 싶다. 공감이 많이 가기 때문이다.

고독함은 자신의 길을 걷는 과정에서 마주치는
감정 중 어쩔 수 없이 따라오는 것 중에 하나이
다.

나만의 길을 간다는 것은 때로 이해 받지 못할
수도 있다. 외롭기도 하고 비판이 슬프지만 이 길
을 따르는 건, 나만의 삶을 만들고 진정한 자아
실현을 향해 나아갈 수 있는 기회이다.

프리랜서의 삶

퇴사 후 내가 그토록 원하던 자유가 찾아왔다. 이 새로운 시작을 예술적으로 표현하고 싶었다. 처음에는 긍정적인 마음으로 가득 차 '무조건 잘 될 것'이라고 확신하며, 성공에 대한 희망을 품었다. 하지만 프리랜서로서의 첫날, 눈을 뜨고 일어나 보니 무엇을 해야 할지 막막했다. 회사에 다닐 때는 출근하자마자 바로 컴퓨터를 켜고 일에 몰두했는데, 이제는 그런 일과가 없어졌다.

일단 노트북을 켜고 '무엇을 할까?' 하고 생각했다. 글을 써볼까 했지만, 글이 잘 써지지 않았다. 책을 읽어볼까 했지만, 그것도 마치 노는 것 같은 기분이 들었다. SNS를 통해 작가나 서점 계정을 보는 것도 결국은 시간을 보내는 일일 뿐이었다. 그렇게 아무것도 하지 않은 채로 하루가 허무하게 지나갔다.

다음 날, 나는 바로 구청에 가서 업종 신고를 하고, 세무서를 포함한 필요한 모든 곳에 신고를 마쳤다. 새로운 시작에 대한 설렘이 다시금 가슴을 채웠지만, 그와 동시에 두려움도 서서히 엄습해 왔다.

이제 내가 사용하는 물, 전기, 난방, 식사 비용 등 모든 것이 내 돈으로 지출되고 있었다. 숨을 쉬는 것만으로도 돈이 나가고 있는 기분이었다. 전기 사용을 줄이기 위해 TV를 보지 않을 때는 전원 코드를 뽑아두었고, 난방비를 아끼기 위해 집에서 패딩을 입고 일한 적도 있었다. 그러나 식비 만큼은 어떻게도 줄일 수 없었다. 결국 먹고 살기 위한 기본적인 비용이기 때문에, 그 부분만큼은 절약하기 어려웠다.

집에서 일하는 것은 시간을 크게 절약할 수 있어서 좋다. 눈을 뜨자마자 바로 일에 몰두할 수 있으며, 특히 새벽형 인간인 나에게는 매우 효율적이다. 새벽 4시 또는 4시 30분에 일어나자마자 노트북을 열고 글을 쓰기 시작한다. 하지만 집이 좁아 일과 식사를 같은 테이블에서 해결해야 한다는 점은 단점으로 느껴졌다.

이 문제를 내 스승님께 말씀드렸을 때, 스승님은 혼자서 조용히 작업할 수 있는 공간이 있다는 것 자체가 얼마나 큰 행운인지를 깨닫게 해주셨다. 스승님은 옆에서 아이가 울고 있으면 글쓰기에 집중할 수 없다며 한탄하셨다. 그 말을 듣고 나는 반성했다. 그 상황을 상상만 해도 끔찍했다.

혼자서 조용히 작업할 수 있다는 사실에 대해 정말 감사하게 생각하게 되었다.

책 읽기가 내게는 숨 쉬는 것과 같은 유일한 휴식이었는데, 어느 순간부터 일처럼 느껴지기 시작해 조금 슬프다. 이제는 작가의 문체나 새로운 표현을 발견하는 것에 주목하게 되면서, 그저 책을 마냥 즐기지 못하고 분석적인 시선으로 읽게 되었다. 또한 책을 읽으면서도 때때로 불안감이 엄습해와 다시 일을 시작해야 한다는 강박을 느낄 때가 있다. 예전에는 책을 읽고 싶어서 점심을 간단히 해결하기도 했었는데, 이제는 그런 순수한 즐거움조차 느끼기 어려워진 것 같아 아쉽다.

이제 계획적으로 생활해야겠다는 생각이 든다. 무라카미 하루키처럼 매일 정해진 시간에 글을 쓰는 방식이 인상 깊었다. 그의 이러한 규칙적인 습관이 그가 오랫동안 사랑받고 지속적으로 글을 쓸 수 있는 비결이 아닐까 생각한다.

물론 모두에게 맞는 방식은 다를 수 있지만, 나에게도 나만의 일상 루틴을 확립하는 것이 중요하다고 느낀다. 아직 그 루틴을 구체적으로 찾지는 못했지만, 중요한 것은 게으름에 빠지지 않고 꾸준히 나아가는 것이다.

좌절이 알려준 가치

마음의 평안과 진정한 만족을 느끼려면 자신이 추구하는 가치관에 따라 살아가야 한다는 것을 깨달았다. 나는 돈과 명예를 중시하는 사람이라고 생각했고, 그것들을 향해 끊임없이 달려왔다. 하지만 그 과정이 괴로웠다. 왜냐하면 실제로는 그런 것들을 추구하는 사람이 아니었기 때문이다. 이 사실을 깨달은 순간은 내가 원하던 연봉을 받게 되었을 때였다. 초기에는 정말 기뻤고, 열심히 살아온 보상을 받은 것 같아 행복했다. 하지만 그 기쁨은 고작 세 달이었다. 점차로 체중이 줄고 의욕이 사라져 갔다. '돈이 좋다고 했잖아, 원하던 대로 됐잖아. 왜 행복하지 않아?'라는 생각이 들었다. 내가 진정으로 원하고 추구해야 할 가치가 무엇인지 다시 한번 깊이 생각하게 되었다.

열심히 앞만 보고 달리다가 예상치 못한 공에 머리를 맞은 것처럼, 갑작스러운 패배감을 느꼈다. 하지만 그 감정을 드러내고 싶지 않았다. 억지로 참다 보니 때로는 예상치 못한 문제로 이어지기도 했다. 점점 더 자신에게 실망하며 좌절감이 커져만 갔다.

살아가면서 좌절과 실패를 완전히 피하는 것은 불가능하다. 가능하다면 피하는 것이 좋겠지만, 어린 시절 피구를 할 때처럼 아무리 피하려 해도 결국 공에 맞는 순간이 온다. 게임에서 마지막까지 남는 사람은 단 한 명뿐이다. 이처럼 실패를 피하는 것이 그리 쉽지만은 않다는 것을 인식하는 것이 중요하다.

좌절이 내게 고통만을 가져다주지 않았다는 것을 깨달았다. 고통은 시간이 지나면서 그 강도가 얼마나 컸었는지 서서히 잊혀진다. 그러나 그 과정에서 나는 훨씬 더 가치 있는 것을 얻었다. 바로 내가 어떤 사람인지, 그리고 앞으로 어떻게 살아가야 할지에 대한 깊은 이해를 얻게 되었다. 이러한 깨달음은 좌절과 실패를 통해 얻은 소중한 선물이다.

'사랑해'라는 말

    우리 가족은 서로 사랑한다는 말을 절대 못한다. 나도 지금 상상만 해도 오징어처럼 말라 비틀어질 것만 같다. 작년 추석 때 식구들이 모여 우리도 '사랑해'라는 표현을 써 보자고 안건이 나왔다. 언니와 아빠가 많이 취한 것 같았다. 네 식구가 서로 손을 잡고 다 같이 '사랑해'를 외치기로 했다. 서로 손을 잡았지만 곁눈질과 입만 씰룩거릴 뿐 아무도 '사랑해'라고 내뱉지 않았다. 상황이 너무 어색해져 웃으면서 종료가 됐다.

아빠는 어렸을 때, 할아버지가 술과 노름 속에서 사셨다고 했다. 할머니는 일찍부터 뇌졸증으로 앓아 누우셨다. 그래서 아빠는 어릴 적부터 빨리 돈을 벌어야 겠다는 생각에 고등학교 졸업을 하자마자 사우디아라비아로 가서 토목일을 하셨다

엄마는 어렸을 때, 외할아버지와 외할머니, 그리고 증조외할머니까지 대가족으로 살았다. 외할머니는 늘 시집살이를 당하셨고 그거에 대한 스트레스를 늘 장녀인 엄마한테 화풀이 하였다.

어느 날 외할머니가 엄마 얼굴에 쇠 꼬챙이를 긁은 사건이 있었다. 아마 일부러 그런 것은 아니었을 것이다. 그 흉터는 환갑이 넘으신 지금도 남아 계시며 외할머니가 돌아가시기 전 엄마한테 그 흉터를 볼 때마다 가슴이 찢어지게 미안하다고 하셨다.

외할머니께서 심장과 혈압이 좋지 않아 병원에 입원하셨고, 의사는 몇 달밖에 남지 않았다고 말씀하셨다. 엄마는 외할머니께 마지막으로 '사랑해'라고 말씀드리고 싶어 했다.

애교가 많은 이모는 엄마에게 용기를 주었다. "들어가서 꼭 해야 된데이. 알겠제?"라고 말했다. 하지만 엄마는 패배감을 안고 안동에서 수원으로 돌아갔다.

몇 주 후 외할머니의 위독한 소식을 듣고, 엄마와 아빠는 다시 안동으로 내려갔다. 이번에는 정말 마지막일 거라고 생각한 엄마는 외할머니께 꼭 말씀드리겠다고 마음먹었다. 이모가 "이번에는 말 했나."라고 물으니 엄마는 곧바로 "아니,못했다! 입이 안 떨어진다!"라고 말했다.

그리고 몇 일 뒤, 외할머니께서 정말로 돌아가

실 것 같다는 의사의 말씀에 모두 다시 내려갔다.
엄마는 결국 끝까지 '사랑해'라고 말씀드리지 못
했다.

가끔 외할머니가 생각 나 얘기를 하면 엄마는
늘 이 얘기를 꺼낸다. 그러면서 "후회하면 뭐하
노. 다 지나가버린 일 인걸."

나 역시 부모님께 '사랑해'라고 말하는 것이 쉽
지 않다. 어릴 때 그런 말을 들어본 적이 없어서
그런지, 말이 입에서 잘 떨어지지 않는다. 만약
나도 엄마, 아빠에게 '사랑해'라고 말한다면 마치
연극을 보는 것처럼 느껴질 것 같다. 연기를 못하
는 배우가 뜬금없이 어색하게 '사랑해'라고 말하
는 장면처럼, 그리고 그 장면을 본 관객들은 어리
둥절해하면서도 웃음을 터뜨릴 것 같다.

일단 '사랑해'라는 단어는 조금 미뤄두고, 예쁘

고 멋지다는 말, 최고라는 말을 많이 쓰도록 노력을 해봐야겠다. 그러다 보면 '사랑해'도 자연스럽게 나오는 날이 오지 않을까? 그런 날이 꼭 왔으면 좋겠다.

나의 장례식

어느 날 꾼 꿈에서 내 장례식을 지켜보고 있었다. 영정 사진은 사람들에게 가려져 보이지 않았지만, 분명히 그것은 내 장례식이었다. 평소라면 친한 친구가 대성통곡할 것이라 생각했는데, 의외로 그는 너무나도 평온해 보였다. 역시 인생은 혼자다. 고독한 인생.

"여러분, 저 여기 있어요! 저 안 죽었어요!"라고 외쳐보았지만, 아무도 나를 보지 못하는 것 같았다. 마치 정말로 죽은 것처럼 아무도 나에게 시선을 주지 않았다. 멍하니 장례식장을 바라보다 죽음에 관한 꿈을 여러 번 꾸었지만, 장례식까지 치르는 꿈은 이번이 처음이었다. '만약 내가 지금 죽는다면 어떨까?' 하는 생각이 불현듯 들었다. 하지만 그런 상황을 상상하기는 어려웠고, '에이, 내가 왜 죽어?'라는 생각으로 그런 무거운 생각을 털어냈다.

그러다 SNS에서 아는 이가 체험 활동의 일환으로 유서를 작성한 것을 보게 되었다. 그것이 참신하게 느껴져서 읽어보았고, 그 내용이 예쁘게 잘 작성되어 있었다. 또한, 브랜드에 관한 수업을 듣던 중 '죽음'을 주제로 사업을 하는 분을 알게 되었고, 그 때 죽음에 관한 책을 재미있게 읽었던 기억이 나서 그 책의 제목을 언급하기도 했다.

이러한 경험들을 통해 죽음이 실제로 우리 삶 안에 존재하며, 어떻게 잘 죽을 것인가에 대해서도 심도 있게 생각해봐야 한다는 결론에 이르렀다. 여기서 '어떻게'는 단순한 방법이 아닌 마음가짐과 태도를 의미한다. 더 깊이 생각해보고, 언젠가는 멋진 유서를 작성할 수 있는 날이 오길 바란다.

유쾌한 고독

초판 1쇄 인쇄 2024년 3월 4일
초판 1쇄 발행 2024년 3월 8일

지은이 유안
펴낸곳 숨나무

숨나무 인스타그램 @soomnamu

작가 유안 인스타그램 @yuan.soom

전자우편 wtr.yuan@gmail.com

ISBN   979-11-986579-8-5